Catalogage avant publication de Bibliothèque et Archives nationales
du Québec et Bibliothèque et Archives Canada

Gravel, François

   Silence, on zappe!

   (Les histoires de Zak et Zoé ; 5)
   (Série Cinéma extrême)
   Pour enfants de 7 ans et plus.

   ISBN 978-2-89591-128-9

   I. Germain, Philippe, 1963- . II. Titre. III. Collection: Gravel, François.
   Histoires de Zak et Zoé; 5.

PS8563.R388S54 2012   jC843'.54   C2011-942251-4
PS9563.R388S54 2012

Tous droits réservés
Dépôts légaux: 1er trimestre 2012
Bibliothèque nationale du Québec
Bibliothèque nationale du Canada
ISBN 978-2-89591-128-9

© 2012 Les éditions FouLire inc.
4339, rue des Bécassines
Québec (Québec) G1G 1V5
CANADA
Téléphone: 418 628-4029
Sans frais depuis l'Amérique du Nord: 1 877 628-4029
Télécopie: 418 628-4801
info@foulire.com

Les éditions FouLire reconnaissent l'aide financière du gouvernement du
Canada par l'entremise du Fonds du livre du Canada pour leurs activités
d'édition.

Elles remercient la Société de développement des entreprises culturelles du
Québec (SODEC) pour son aide à l'édition et à la promotion.

Elles remercient également le Conseil des Arts du Canada de l'aide accordée
à leur programme de publication.

Gouvernement du Québec – Programme de crédit d'impôt pour l'édition de
livres – gestion SODEC

Les histoires de **Zak** et **Zoé**

Silence, on zappe !

François Gravel

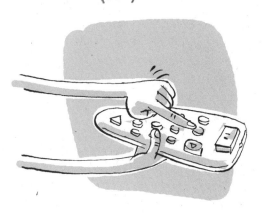

Chapitre 1
UNE ÉTRANGE TÉLÉCOMMANDE

Je suis dans ma chambre, en train de lire, quand le téléphone sonne. Je suis presque sûr que c'est Zoé. C'est fou, mais il me semble que la sonnerie est différente quand c'est elle qui appelle.

– Allo, Zak ? C'est moi, Zoé ! Je viens de faire une découverte extraordinaire ! C'est encore plus drôle que la machine que nous avons utilisée dans les sports !

– J'ai du mal à y croire ! Tu as trouvé mieux que les balles puantes ? Mieux que le saut à la perche sans perche ?

– Mieux que tout ça! Nous vivrons bientôt des aventures époustouflantes! Imagine-toi donc qu'hier soir, mon chien Zut a mordu la télécommande de la télévision. Il pensait sans doute que c'était un os. J'ai eu peur qu'elle ne fonctionne plus, mais c'est tout le contraire! Peux-tu venir chez moi le plus vite possible? J'ai hâte de te montrer ça!

– J'arrive!

Heureusement, je n'habite pas très loin de chez mon amie! Je préviens mes parents, puis je cours chez elle. Je la retrouve dans le salon. Elle est étendue par terre, la télécommande à la main. C'est sa position préférée pour lire ou regarder la télévision. Moi, je préfère être assis dans un fauteuil.

Zut, son chien, est assis dans un coin, l'air penaud.

– Installe-toi confortablement et prépare-toi à vivre des émotions fortes. C'est un film d'action. Es-tu prêt? Tu vas voir, c'est encore mieux que le cinéma 3D!

J'ai à peine eu le temps de m'asseoir que Zoé appuie sur un bouton de sa télécommande. Que va-t-il se passer?

Chapitre 2
ZOÉ ZAPPE DANS LE MILLE !

Au début du film, on voit un homme qui dort dans son lit. Le téléphone sonne très longtemps, mais il ne répond pas. Au moment où on commence à penser qu'il est peut-être mort, il finit par décrocher l'appareil, mais il n'a pas l'air de comprendre ce qu'on lui raconte. Il se contente de grogner et il ne semble pas de bonne humeur. Il bougonne encore un peu, puis il bondit hors de son lit et s'habille en vitesse, sans oublier de prendre une mitrailleuse, un revolver, un couteau et une grenade.

– C'est lui le héros, m'apprend Zoé. Il s'appelle Jimmy. Il vient juste d'apprendre que Dave, son meilleur ami, a été enlevé par des bandits.

Jimmy saute dans son automobile et file à toute vitesse en direction d'un entrepôt, près du port.

– Il pense que Dave est enfermé dans cet entrepôt, m'explique Zoé, mais c'est un piège tendu par les bandits.

– Comment le sais-tu ?

– J'ai déjà vu le film !

Pour le moment, je ne vois pas ce qu'il y a de si époustouflant là-dedans!

Le héros fait maintenant le tour de l'entrepôt et découvre une porte fermée par un cadenas. Il réussit à l'ouvrir avec son couteau et s'apprête à entrer lorsque Zoé appuie sur «pause».

– Jimmy est très fort pour donner des coups de poing et tirer des coups de feu, me dit Zoé, mais il n'est pas très intelligent. C'est le temps d'aller l'aider.

– … Quoi? Aller l'aider? Que veux-tu dire?

– Tu vois ce bouton ? Si j'appuie dessus en même temps que sur « lecture », nous nous retrouverons dans l'entrepôt, avec Jimmy !

– ...Tu veux dire... tu veux dire que nous deviendrons des personnages dans le film ?

– Tu as tout compris ! Tiens-toi bien, nous intervenons dans 5, 4, 3, 2, 1...

Zoé imagine peut-être qu'elle peut me faire croire n'importe quoi, mais elle se trompe ! Entrer dans un film, c'est impossible !

Chapitre 3
ZÉRO !

Ça marche ! Zoé avait raison !

J'ignore comment une telle chose est possible, mais nous voici devant la porte de l'entrepôt. Jimmy vient tout juste d'y entrer et il est accueilli par une pétarade de coups de feu. Des dizaines de bandits lui tirent dessus, et nous entendons des balles siffler autour de nous.

Tout cela n'a pas l'air de déranger Zoé. Elle reste aussi calme que si elle était dans son salon.

– Allons vite nous cacher, lui dis-je. Ces balles peuvent nous tuer !

– Mais non, voyons ! Ce ne sont pas de vraies balles, et puis tout le monde sait que les bandits visent très mal. Dans les films, les héros atteignent leur cible à tous les coups, mais les bandits n'y arrivent jamais. Allons plutôt rejoindre Jimmy.

– Et s'il y avait un feu ou une explosion ?

– Tu n'as rien à craindre : j'ai vu cette scène au complet, et je te garantis que nous ne courons aucun danger. Suis-moi !

Zoé s'élance dans l'entrepôt et court se réfugier derrière un amoncellement de bidons. Je vais vite la rejoindre. Elle s'est accroupie aux côtés de Jimmy.

– Qu'est-ce que vous faites là ? nous dit celui-ci tout en tirant des coups de feu à gauche et à droite.

– Nous sommes venus vous aider! lui annonce Zoé. Je sais comment vous tirer de ce mauvais pas.

– Comment peux-tu le savoir? rétorque Jimmy. Tu n'es qu'une petite fille!

– Je suis peut-être plus petite que vous, répond Zoé d'un air fâché, mais mon cerveau fonctionne sûrement mieux que le vôtre. Vous voulez une preuve? Regardez ce câble, là-bas. Tirez une balle juste au-dessus du nœud et vous ferez dégringoler des dizaines de caisses de bois sur la tête de vos ennemis. Vous n'aurez ensuite qu'à lancer une grenade sur ce mur pour y faire un trou. C'est par là que nous nous enfuirons.

– Tu crois vraiment que…

– Êtes-vous un héros, oui ou non? Cessez de discuter et agissez! Nous perdons un temps précieux!

Jimmy s'exécute… et tout marche exactement comme Zoé l'avait prédit! Bing, bang, boum, paf! Nous sommes bientôt assis dans l'automobile de Jimmy, qui se trouvait là comme par hasard. Jimmy s'installe au volant tandis que nous sautons sur le siège arrière. Nous démarrons sur les chapeaux de roues, poursuivis par trois ou quatre automobiles pilotées par des bandits. Zoé avait raison! C'est vraiment époustouflant!

Chapitre 4
MÊME LES HÉROS ONT DES DÉFAUTS !

Jimmy conduit comme un champion et réussit facilement à semer les bandits. Nous nous retrouvons dans un restaurant, où notre héros a l'habitude de manger. Il commande un café et des œufs, puis il veut savoir qui nous sommes. Nous aimerions lui répondre, mais il n'y a pas moyen de discuter en paix. La serveuse vient toujours nous déranger en faisant battre ses longs cils pour montrer à Jimmy qu'elle est amoureuse de lui. Comme son nom est écrit sur sa blouse, je sais qu'elle s'appelle Brenda. Mais ne me demandez pas le rôle qu'elle joue dans ce film. Après tout, je ne l'ai pas encore vu, moi !

– Qui êtes-vous? nous demande Jimmy quand Brenda nous laisse enfin tranquilles. Comment saviez-vous ce qui allait se passer dans l'entrepôt? Qui donc a modifié le scénario sans me le dire?

– Vous nous faites marcher! s'exclame Zoé. Vous saviez très bien ce qui arriverait quand vous avez tiré un coup de feu sur ce câble! Tout était déjà préparé avec les décorateurs et les spécialistes des effets spéciaux!

– Je ne comprends rien à ce que tu me racontes ! s'étonne Jimmy. Quels décorateurs ? Quels effets spéciaux ? Je suis un héros, moi, pas un comédien !

Zoé essaie de lui expliquer ce qu'elle peut faire avec sa télécommande depuis que son chien l'a mordue. Moi, je réfléchis et je conclus que Jimmy nous dit sans doute la vérité : le comédien qui jouait son rôle a tourné bien d'autres films depuis ce temps-là. Peut-être même qu'il est devenu vieux et qu'il a changé de métier.

Nous ne parlons donc pas à une vraie personne, mais à un personnage de film! Le pauvre Jimmy ne peut pas comprendre ce qui lui arrive. Tout ce qu'il sait faire, c'est donner des coups de poing, lancer des grenades, conduire à toute vitesse et tirer n'importe où!

Brenda vient verser du café à Jimmy en battant des cils. J'en profite pour faire part de mes réflexions à Zoé.

– Ça alors! me dit-elle à voix basse. Si tu as raison, cela signifie qu'il ne peut pas réfléchir ni agir par lui-même! Maintenant que nous avons modifié le scénario, nous sommes responsables de lui!

Elle se tourne alors vers Jimmy, qui taquine Brenda. Celle-ci rit aux éclats pour lui montrer que ses dents sont très blanches et qu'elle n'a pas de caries.

– Désolée de vous interrompre, intervient Zoé, mais vous oubliez qu'il faut aller délivrer votre ami!

– ... Ah oui, c'est vrai! Vous savez où il est?

– Bien sûr, affirme Zoé. Il est enfermé dans une cabane au milieu de la forêt. Il est gardé par une vingtaine d'hommes armés jusqu'aux dents, mais vous réussirez facilement à vous en débarrasser.

– Dans ce cas, allons-y vite ! se réjouit Jimmy. J'adore me battre !

Chapitre 5
ZAK ET ZOÉ SUPERSTARS !

Nous sautons dans l'automobile du héros, qui se trouvait justement devant le restaurant. C'est vraiment amusant d'être un héros de film : on trouve toujours un espace de stationnement, on peut rouler sans jamais faire le plein d'essence et les policiers ne nous donnent jamais de contravention ! Mieux encore : on peut conduire sans regarder devant soi, et on est sûr de toujours arriver à destination !

Nous nous arrêtons dans une forêt et nous marchons jusqu'à une vieille cabane avec un toit de tôle. Si je ne savais pas que je suis dans un film, je commencerais à avoir peur. Pour être tout à fait honnête, j'ai beau savoir que nous sommes dans un film, j'ai un petit peu peur quand même. Mais je ne l'avouerais jamais à Zoé !

– Couchez-vous dans ce fossé et ne bougez pas ! nous ordonne Jimmy.

Il sort des jumelles de sa poche (une chance qu'il a pensé à les apporter!) et observe le repaire de ses ennemis.

– Tu avais raison, dit-il à Zoé. Ils sont une bonne vingtaine, mais j'en viendrai facilement à bout. Regardez-moi bien !

Deux gardiens armés de carabines parlent entre eux. Ils ne s'aperçoivent pas que Jimmy se rapproche doucement, en se cachant derrière des buissons qui sont placés juste aux bons endroits. Notre héros est maintenant derrière une automobile, tout près des deux bandits.

L'un d'eux semble avoir entendu quelque chose. Il regarde vers l'automobile avec un air soupçonneux. Trop tard! Ils n'ont pas le temps de saisir leur carabine que Jimmy les assomme de deux puissants coups de poing. Paf, paf! Les voici étendus sur le sol.

Notre héros s'approche ensuite de la fenêtre. Un autre bandit se sort le museau pour voir ce qui arrive et paf! il reçoit un coup de poing sur le nez.

– C'est toujours pareil dans ce genre de film, commente Zoé à voix basse : les héros assomment leurs ennemis d'un seul coup de poing, mais quand ils en reçoivent, ça ne leur fait rien !

Jimmy entre maintenant dans la maison, et je ne peux plus rien voir.

– Je vais te raconter ce qui se passe, poursuit Zoé. Jimmy élimine les gardiens l'un après l'autre, puis il va délivrer son ami qui est enchaîné dans la cave. Attention, les voici qui arrivent... Allons vite nous asseoir dans l'auto : Jimmy a allumé un feu avant de partir, et la maison est remplie de dynamite.

Zoé a à peine eu le temps de prononcer ces mots que la maison explose dans un bruit étourdissant. Jimmy et son ami sont sortis juste à temps et courent maintenant vers nous. Jimmy semble avoir été blessé à l'épaule. Il réussit de justesse à atteindre l'auto avant de s'évanouir. Dave le hisse sur le siège du passager et il s'assoit derrière le volant. Ce n'est qu'à ce moment-là qu'il nous aperçoit.

– Qu'est-ce que vous faites là ? Vous n'êtes pas prévus dans le scénario ! Sortez vite de cette voiture, c'est beaucoup trop dangereux pour vous !

Je pousse un soupir d'exaspération et me tourne vers Zoé.

– Pourrais-tu appuyer sur « pause », s'il te plaît ? Je crois que nous avons à nous parler, toi et moi, et je ne veux pas que Dave nous entende.

Nous abandonnons aussitôt nos deux héros à leur sort, et nous nous retrouvons dans le salon de Zoé!

Décidément, j'adore cette télécommande!

Chapitre 6
PAUSE

– Je ne veux plus jouer avec toi! dis-je à Zoé.

– Pourquoi pas?

– Parce que ce n'est pas juste! Tu as déjà vu le film, et pas moi! Tu choisis toujours ce qui va arriver et je ne peux rien décider!

– Tu as raison, admet mon amie après y avoir réfléchi. J'ai une suggestion: on pourrait le regarder ensemble jusqu'à la fin, puis revenir dans l'action ensuite. Qu'en penses-tu?

– Je suis d'accord!

– J'aime autant te prévenir : à part les scènes avec le chef des bandits, ce n'est pas très palpitant. Les deux héros parlent souvent avec des avocats, et je n'ai rien compris à ce qu'ils racontent. Il y a aussi des scènes où Jimmy retourne voir Brenda au restaurant. Tout ce qu'ils font, c'est parler, parler, parler.

– Tu n'auras qu'à faire défiler le film plus vite pendant ces passages-là. On ne regardera que les scènes d'action.

– Bonne idée. Es-tu prêt ? On y va !

– Non, attends encore une minute... Tu n'aurais pas quelque chose à grignoter ? Ça me donne faim, moi, toutes ces aventures...

Zoé se dirige vers la cuisine et revient bientôt avec deux verres de jus d'orange et un grand bol de maïs soufflé. Je me régale en regardant le reste du film.

Quand nous arrivons à la fin, je devine tout à l'avance. Zoé avait raison, ce n'est pas un très bon film. Mais grâce à sa télécommande, on va quand même bien s'amuser !

– Je suis prêt à y retourner, Zoé ! J'ai même une excellente idée à te proposer !

Chapitre 7
UNE VIE DE CHÂTEAU

Nous voici dans le repaire du chef des bandits, l'infâme M. Atros. C'est un homme très riche et très gros qui vit dans une immense maison au bord de la mer. Il possède un garage rempli de voitures de course et une piscine bordée de palmiers et de statues. Des dizaines de personnes habitent avec lui : des assistants, des serviteurs, des femmes en bikini et des gardes du corps armés jusqu'aux dents.

Jimmy et Dave viennent tout juste d'arriver. Ils doivent lutter contre des dizaines de bandits, ce qui leur donne l'occasion d'utiliser leurs armes.

– As-tu remarqué que les héros guérissent toujours très vite ? me dit Zoé tandis que nous les regardons. On dirait que Jimmy n'a jamais été blessé à l'épaule. Il distribue des coups de poing à gauche et à droite sans effort, et sans la moindre grimace !

Zoé a raison, une fois de plus. Nos deux amis gagnent évidemment toutes leurs batailles, mais cela leur prend du temps et M. Atros en profite pour prendre la poudre d'escampette. Voyant que tous ses hommes sont éliminés, il grimpe en courant un immense escalier de marbre et referme derrière lui une lourde porte.

Jimmy et Dave se lancent alors à sa poursuite, et nous les suivons de près. La porte est verrouillée, mais ils la fracassent à grands coups de pied. Quand ils arrivent enfin dans le bureau de M. Atros, ils ont la surprise de leur vie: leur ennemi a disparu!

– Ça alors ! s'exclame Dave en regardant autour de lui. Cet homme est un sorcier ! Par où a-t-il bien pu s'enfuir ? Il n'y a même pas de fenêtre !

Jimmy reste muet, mais il a l'air ébahi lui aussi et semble désespéré de ne pas pouvoir utiliser son revolver.

– Il est parti par là ! leur dis-je en désignant la bibliothèque.

J'appuie sur la tranche d'un livre et une section de la bibliothèque s'ouvre devant moi !

– Vous êtes encore là, vous deux ? s'étonne Dave. Comment avez-vous deviné qu'il y avait une porte secrète derrière ces livres ?

– Rien de plus facile : les bandits ne lisent jamais ! Pourquoi auraient-ils une bibliothèque ?

– Mais bien sûr ! fait Jimmy en se tapant le front. Nous aurions dû y penser !

– Vous avez assez perdu de temps, intervient Zoé. Courez vite à la poursuite de l'infâme M. Atros ! C'est un film d'action, oui ou non ?

– Tu as raison ! Allons-y ! s'écrie Jimmy.

Nous les laissons s'engouffrer dans le passage secret, mais nous ne les suivons pas. Nous savons déjà que l'infâme M. Atros s'est enfui sur son bateau super puissant et que Jimmy et son ami se lanceront à sa poursuite sur des motomarines. Il sera toujours temps d'aller les rejoindre. Je préfère rester ici et profiter de cette maison de millionnaire pendant qu'elle est déserte !

– Que dirais-tu d'une partie de billard, ma chère Zoé ?

– Je suis d'accord, mon cher Zak ! Nous nous baignerons ensuite dans la piscine. J'espère que tu as apporté ton maillot !

Chapitre 8
L'EXPLOSION DU VOLCAN

– Attends-moi un peu, je reviens dans une minute, dis-je à Zoé qui se prélasse au bord de la piscine.

Quand je viens la rejoindre, je lui offre une coupe glacée à quatorze étages ! Je me suis contenté pour ma part d'un immense morceau de gâteau au chocolat et de quelques douzaines de biscuits.

– Tu as eu une excellente idée, mon cher Zak ! Tant qu'à nous retrouver dans un château, aussi bien en profiter !

– D'après moi, répond Zoé en regardant sa montre, Jimmy et Dave sont maintenant sur l'île secrète de l'infâme M. Atros. Il ne devrait pas tarder à appuyer sur le gros bouton rouge.

Au cas où vous ne l'auriez pas déjà deviné, Jimmy et Dave sont encore une fois tombés dans un piège. M. Atros les a attirés sur une île où il a un repaire secret. Pour se venger de nos héros, M. Atros va bientôt dynamiter cette île, qui se trouve tout juste au-dessus d'un volcan. L'explosion déclenchera du même coup l'éruption de ce volcan.

– Le compte à rebours est maintenant commencé, annonce Zoé en regardant encore sa montre. Il ne reste plus à nos amis que 60 secondes pour désamorcer la bombe. Ils y arriveront, nous n'avons rien à craindre.

– En es-tu bien certaine ? Notre arrivée dans leur film les a peut-être perturbés. Qui sait s'ils n'auront pas besoin de nous encore une fois ? N'oublie pas qu'ils ne sont pas très intelligents, et que nous sommes maintenant responsables d'eux !

– Tu as raison, Zak ! Sautons vite à la scène suivante, et allons voir ce qui leur arrive.

Chapitre 9
UNE FIN IMPRÉVUE !

Mais qu'est-ce qui se passe ? Nous voici dans la salle où se trouve la bombe. Il ne reste plus que trois secondes avant l'explosion finale, et Jimmy n'est pas encore arrivé !

Zoé fait reculer le film, et nous comprenons pourquoi : Jimmy et Dave ont atteint l'île sur leur motomarine, ils ont accosté sur la plage, mais ils ne savent pas quelle direction prendre ! Sans nous, ils sont perdus ! Et le volcan va bientôt exploser !

– Qu'allons-nous faire? demande Zoé.

– J'ai une idée! Reculons encore un peu dans le film, et revenons à la scène où Jimmy et Dave arrivent sur la plage...

– Voilà, c'est fait!

– Parfait. Maintenant, allons les rejoindre. Si nous leur expliquons très lentement ce qu'ils doivent faire, ils vont peut-être finir par comprendre!

Zoé fait ce que je lui ai suggéré. Le film se déroule enfin normalement. Dave désamorce la bombe pendant que Jimmy rejoint l'infâme M. Atros tout juste avant qu'il s'enfuie en hélicoptère. Il l'assomme d'un seul coup de poing, puis le jette à la mer, où il est dévoré par des requins. Tout est bien qui finit bien!

– Et voilà le travail! dis-je en me frottant les mains. Heureusement que j'étais là!

– Tu es génial ! approuve Zoé. Qu'est-ce que je ferais sans toi ?

Je ne réponds pas, mais je crois que je rougis un peu. J'adore quand Zoé me fait des compliments. Mais je n'ai pas le temps d'en profiter qu'elle me lance une autre idée.

– Attends un peu, me dit-elle en fronçant les sourcils. Il nous reste encore quelque chose à faire. Quelque chose de TRÈS important. Te souviens-tu de ce qui se passe à la toute fin du film ?

– Bien sûr! Jimmy va rejoindre Brenda au restaurant, ils marchent ensemble dans la rue, puis ils arrêtent au bord d'une rivière et ils s'embrassent pendant qu'on entend jouer des violons. C'est la scène la plus tarte de tout le film.

– Je suis contente de voir que tu penses comme moi. Il n'y a rien que je déteste plus que de voir des gens s'embrasser pendant des heures. Je me demande à quoi ça leur sert de se lécher la langue en mélangeant leur salive.

– Ouache! Tu as raison, c'est dé-
goûtant!

– ... Qu'est-ce que tu dirais de leur
jouer un tour?

– Je dirais que ce serait génial!
Appuie vite sur «avance rapide»!

Chapitre 10
LE DERNIER BAISER

Nous rejoignons Jimmy tandis qu'il s'approche du restaurant où travaille Brenda.

– Psst! Psst! lui lance Zoé.

– ... Qu'est-ce que vous faites là, vous deux? Vous devriez rentrer chez vous! La prochaine scène n'est pas destinée aux enfants, ou alors vous devez être accompagnés d'un adulte. Vous n'avez pas lu l'avertissement?

– Nous partirons bientôt, ne vous inquiétez pas. Mais laissez-nous d'abord vous féliciter : sans vous, le volcan aurait sûrement explosé.

– Bah ! Je suis habitué à sauver l'humanité. C'est mon travail ! Pour le moment, je rêve surtout d'aller embrasser Brenda. Que pensez-vous de mon bouquet de fleurs ? Croyez-vous qu'elle va les aimer ?

– Elle va les adorer, le rassure Zoé. Mais puisque nous parlons de Brenda, j'ai quelque chose d'important à vous dire. Saviez-vous qu'elle a des feux sauvages virulents et qu'elle couve un vilain rhume? Je crois même qu'elle a une bronchite.

– Je l'ignorais! admet Jimmy d'un air penaud. Personne ne m'avait prévenu!

– Imaginez si vous attrapiez ces maladies juste avant d'être obligé de sauver l'humanité une fois de plus, lui dis-je. Les bandits profiteraient sûrement de votre faiblesse !

– Vous avez raison ! On ne peut pas courir ce risque ! Que dois-je faire ?

– Offrez vos fleurs à Brenda, mais ne l'invitez pas à aller marcher au bord de la rivière. Proposez-lui plutôt d'aller au cinéma.

– Quelle excellente idée!

Plutôt que de se donner un baiser, nos deux héros entrent dans un cinéma, où on projette justement un film d'action! Zoé appuie alors sur la touche «arrêt» de la télécommande, et nous nous retrouvons dans son salon.

– C'est vraiment amusant de regarder des films avec toi, lui dis-je. Je suis prêt à recommencer quand tu voudras!

– J'allais justement te le proposer! Mes parents ont plein de films dans leur collection. Qu'est-ce que tu dirais d'un film de vampires? Ou peut-être que tu préfères une histoire de pirates, ou des boxeurs, ou des Martiens qui attaquent la Terre? Je te laisse carte blanche: choisis ce que tu veux!

– … Même un film d'amour avec des baisers mouillés?

– Ouache! Tout, mais pas ça! Eurk!

– C'était une blague, voyons! Eurk, comme tu dis!

Tout en cherchant dans la collection des parents de Zoé, je me pose une question: à partir de quel âge commence-t-on à aimer les films d'amour? Est-ce que je devrais demander à Zoé ce qu'elle en pense? Hum… Je préfère choisir un film de pirates!

Mot sur l'auteur, François Gravel

François Gravel a toujours rêvé d'être un héros de film d'action : il aurait pu conduire à toute vitesse sans risque d'accident, piloter des avions et des hélicoptères, assommer des bandits monstrueux d'un seul coup de poing, éliminer douze de leurs complices d'un seul coup de feu et survivre aux pires explosions ! En plus, toutes les filles auraient été folles de lui !

Mais François Gravel n'est pas un héros... Heureusement pour lui, cependant, comme ses amis Zak et Zoé, il a beaucoup d'imagination !

Mot sur l'illustrateur, Philippe Germain

Jamais Philippe Germain n'aurait cru réaliser un rêve en illustrant un bouquin. Et pourtant, ce fut le cas, grâce à Zak et Zoé! Eh oui, à leurs côtés, tout en dessinant *Silence, on zappe!*, il a pénétré derrière l'écran de télévision, plongé directement dans un film et vécu la vie palpitante d'un superhéros, tel qu'il l'avait toujours souhaité. Au point que lorsqu'il a eu terminé les dessins de ce roman, une tristesse l'a envahi. Heureusement, il avait un autre rendez-vous captivant, cette fois avec le fameux pirate Barbe-Mauve...

Les histoires de **Zak et Zoé**

Auteur : François Gravel
Illustrateur : Philippe Germain

Série Sports extrêmes

1. Du soccer extrême !
2. Ça, c'est du baseball !
3. OK pour le hockey !
4. Il pleut des records

Série Cinéma extrême

5. Silence, on zappe !
6. À nous deux, Barbe-Mauve !
7. Peur, pas peur, j'y vais ! (août 2012)
8. Hollywood, nous voici ! (janvier 2013)

RECYCLÉ
Papier fait à partir
de matériaux recyclés
FSC® C103567
www.fsc.org

Marquis imprimeur inc.

Québec, Canada
2011

Imprimé sur du papier Silva Enviro 100% postconsommation
traité sans chlore, accrédité ÉcoLogo et fait à partir de biogaz.